KB004421

# 마음의 방향

# 마음의 방향

서신애 에세이

바람이 불어오는 대로,
그렇게 흔들리는 대로

필름

함께 들으면 좋은 OST

Bruno Major _ Nothing

## 프롤로그

안녕, 반가워요.

오랜만이네요.

잘 지냈어요?

정말 보고 싶었어요.

아, 우선 우리 커피 한 잔 마시면서 얘기할까요?


사실, 제 이야기는 그렇게 거창하지 않아요.

어릴 때부터 틈틈이 메모장에 적어 놓았던 생각과

하지 못했던 말을 막상 이렇게 당신에게 보여주려고 하니

비밀을 들킨 것만 같아 참 쑥스럽네요.

서툰 마음을 담아 한 글자씩 써 내려간 제 이야기들이

당신에게 따뜻한 마음으로 전해졌으면 좋겠어요.


그럼 편하게 들어 줘요.

시작할게요.

# 차례

# 1장 _ 사랑의 방향

## 2장 _ 바람의 방향

## 3장 _ 마음의 방향

1장                                          사랑의 방향

하늘, 별 그리고 당신

어두운 새벽하늘에

달이 보이지 않아도

별이 없어도 괜찮다.


도시의 불빛이 별이 되고,

내 옆에 있는 당신이 달이 되니까.


당신만으로도 충분히 아름답다.

15

春
花

밤사이 만개할 준비를 한다.

봄을 준비하는 시간이 오래도 걸렸다.

이제 천천히 드러내어 너를 보여주렴.

황량한 색 속에 하나둘 물감을 번져주렴.

**익
숙
함**

함께 하루를 마무리지을 수 있다는 것.

힘든 시간을 보내고 같이 걸을 수 있다는 것.


지친 나를 이해해주고 안아준다는 것.

그래서 더 이상 남들의 위로가

절실해지지 않는다는 것.


맞잡은 손이 어느샌가 익숙해져

자연스럽게 느껴진다는 것.

시
답
지

않
은

안
부

"어쩐 일이야?"


딱히 어떤 일이 있어서 전화한 건 아니고,

그냥 어떤 맘이 있어서 전화 한 번 해 봤어.

언
제
부
터

언제부터였을까.


인연이 시작되기도 전에
이별을 먼저 떠올리기 시작한 것이.
그것이 두려워 차마 놓치고 싶지 않은
인연으로부터 도망치기 시작한 것이.


오늘따라 달이 참 밝다고,
내가 참 많이 미안하다고 말이라도 할 걸.

**좋은 사람**

바라만 보아도 좋은 사람이 있다.
웃는 모습을 보면 내가 더 기쁘고
속상한 모습을 보면 내가 더 슬픈

쓸데없는 것에 욕심부리지 않고
우리 사이에만 집중하게 만드는

내가 몰랐던 나를 알게 해 주고
내가 가는 길을 마음으로 살펴 주는
조심스럽지만 과감하고
한없이 다정한 사람.

**짝
사
랑**

하루에도 몇 번씩 감정이 오르내리며
그 사람의 행동 하나하나에
의미를 부여하는 것.

나에게 한 사소한 행동에도 혼자 설레고
결국엔 상대 탓을 하게 되는 것.

하필 내가 왜 너를 좋아하게 되어서
하필 왜 그때 나에게 그런 말을 해서
하필 왜 나에게 그런 행동을 해서.

마음이 너무 복잡해서
말로 표현하기 어려운 것.
그렇지만 어떻게든 알려주고 싶은 것.
그러면서 그럴만한 용기는 없는 것.
혼자 이런 저런 상상만 하다
배시시 웃다가도 울컥하게 만드는 것.

사랑을 하면서도 우린 언제나

서로를 짝사랑하는 중이고,

하필 그 상대가 당신이라는 것.

속마음

나는 너를 원한다.
원하지 않는다.


나는 네가 다가오길 바란다.
멀어지길 바란다.


나는 네게 사랑받고 싶다.
미움받고 싶다.


갈피를 잡을 수가 없다.

우
리
사
이

하나, 뭐든 내 진심을 담아 진실되고
솔직하게 상대에게 말하는 사이

둘, 상대를 알아가기 위해 그 사람이
하고 싶은 것을 먼저 배려해주는 사이

셋, 차단하기도 애매하고
먼저 연락하기도 애매한 사이

넷, 내게 피해만 주지 않는다면
무슨 짓을 하든 상관하지 않는 사이

당신과 나는 무슨 사이일까?

**모
순**

사람이 만드는 세상인데 사람이 잊힌다.

사랑을 하는 사람들인데 사랑을 두려워한다.

참 모순적이다.

이
별
수
업

사랑의 깊이는 시간과 관련이 없다.

얼마나 오래 만났든 짧게 만났든

이별 후 겪는 아픔은 늘 힘들다.


아무리 많은 이별을 반복해 겪더라도,

우리는 여전히 이별이 어렵다.

**오
해**

우리는 너무 어른스러운 사람이었어.

그래서 서로를 너무 배려했고

그렇게 우리는 서로에게 실망을 했어.


이해되지 않는 점도

실망스러웠던 점도

그 어떤 착오도 분노도 없었어.

그래서 우리는 기대도 안했어.


너는 나에게 숲 같은 존재였어.

겉으로는 예쁘고 좋지만

속은 알 수 없어 두려운, 그런 숲.

**단
절**

'감정'이라는 것은 본인이 생각해서 느끼는 것,
즉 본연의 것이지만 감정을 '전달'하는 것은 단
지 감정을 소유하고 있다고 해서 드러나는 것
이 아니다. 표현할 줄 알아야 하고 납득시킬 줄
알아야 전달이다.

'의사소통'이라는 것도 상대에게 자신이 하고
자 하는 바에 대해 행동이든 말로 설명하는 것
인데 감정이라고 다를까.

그저 내가 널 좋아한다는 결론만 툭 내놓는 것
이 아니라, 결론이 아닌 결과가 되어야 한다는
의미다. 그렇기에 결과에 다다르기 위한 과정
에 꾸준히 정성을 들여야 한다. 전달에 무뎌진
다면 관계도 무뎌지기 마련이니까.

단
지

아이스 아메리카노 두 잔과 케이크 한 조각.
무슨 말을 시작해야 할지 몰라서 입을 앙 다문
채 얼음을 휘젓기만 했다. 그렇게 당신이 먼저
말을 꺼냈고 이어 내가 어렵게 결론을 내밀었
다. 오늘따라 커피는 어찌나 맛이 없던지.

어지러운 머리를 정리하고자 카페 밖으로 나
왔다.
속이 너무 울렁거렸다. 그냥 어디든 기대고 싶
었다. 확신이 없는 당신의 붙잡음을 뒤로한 채
걷고 걸었다.

이 모든 것은 누가 잘해서도 아니고 누가 잘못
해서도 아니다. 내가 너무 예민했을 수도 있고
당신이 너무 무심했을 수도 있다.
각자의 선이 달랐던 거다.

변해가는 당신을 지켜볼 자신이 없었고, 변명
을 늘어놓으며 노력하겠다고 미안하다고 말하
는 당신의 슬픈 얼굴을 더는 바라볼 자신이 없
었다. 당신은 당신의 모습을 그대로 보여주기
시작했을 뿐이고, 나는 그 모습을 받아들이지
못했을 뿐이다.

그 누구의 잘못도 아니다.

단지, 내 마음에 상처를 내면서까지 지켜내야
할 관계는 없다는 사실만이 전부였다.

**항
상**

자기 마음대로 오해하고 이해해 놓고

결국 또 나만 나쁜 사람.

이
중
성

그대의 다정함에 벅차올랐지만

어느샌가 그대가 벅차다.

**커튼콜**

당신의 뒷모습을 몰래 바라보며
참 많이 울었어요.
더 이상 당신을 볼 자신이 없었거든요.
그래도 행복했어요.


그래요. 나는 당신을 이렇게 떠나보낸
지금을 평생 후회할지도 몰라요.
그래도 어쩔 수 없어요. 더는 자신이 없어요.


나는요, 당신이 사랑해 준 날들도
비참하게 버리고 떠난 날들도
단 한 번도 당신을 사랑하지 않은 적이 없어요.
그래서 더 그럴 수 없어요.


아무 소리 없이 이별을 견뎌 낼게요.
너무 그리워도 견뎌 내 볼게요.
그러니까 우리 여기서 그만해요.


안녕.

**투정**

우리가 자주 다툰 만큼

어쩌면 그보다 더 서로를 사랑했기에

표현이 서툴렀을지도 몰라.

네가 미워 죽겠다가도

그리운 감정들을 반복하는 게

앞으로 널 향한 내 마음이라면 받아들일게.

네 선택에 따른 내 선택에 후회하지 않을게.


그래도 많이 보고 싶으면 어떡하지.

고마웠다고 행복하라고 말하는

네게 아무 말도 못하는

내 모습이 후회되면 어떡하지.

**감
정**

별과 달만 밝혀진 밤하늘이 드리워지면
가만히 침대에 누워 감정을 기억해.
추억은 되도록 잊어버리면서 말이야.

순간마다 갑자기 들이닥치는 흔적에
심장이 덜컥 주저앉는데
추억마저 되뇌어 본다면
아마 잊지 못할 테니까.

그래서 순간의 감정들을 꺼내서 느껴 봐.
너로 인해 힘들었지만 행복했던
그 감정들을 말이야.

지금 네가 힘들어하는 건, 헤어져서라기보다 헤어지는 과정에서 너의 자존심에 상처가 남았기 때문이야. 그러다가 보면 다시 그 사람을 소유하고 싶어지는 느낌이 들 텐데, '아, 내가 아직 좋아하는구나'로 착각을 하게 되면 다시 바보 같은 짓을 반복하게 되는 거야. 그러고 나서 다시 사귀면 상대를 못 믿고 엄청 의심을 하게 돼. 본능적으로 내 소유에서 벗어나지 않도록 하기 위한 행동인 거야. 즉 그 사람을 사랑해서가 아니라 애당초 내 소유로 돌려놓는 게 목적이라는 거지. 그러니까 결국 너는 소유욕을 사랑으로 착각하는 것, 그뿐이야.

눈
으
로
만
보
세
요

무언가를 원해서 다가가고 만져 보고

본질을 깨닫게 되면 실망하는 일이 빈번하다.

기대했던 것과 다를 경우

기대한 만큼 실망이 큰 법이니까.

그래서 가끔은 눈으로만 보는 게

좋을 때가 있다.

**놓는다는 것**

놓아주지 못한 이유가 있었다.

그 사람을 나의 모든 것으로 치부했던

지난날들이 있었으니까.

놓는 순간, 내 모든 세상이

정말 끝나버릴 것 같았으니까.

그런데 그 사람을 놓은 지금은 안다.

놓아버리는 순간,

결국 아무것도 아니라는 것을.

그 사람은 어차피 결국

내가 놓아야 할 것들 중 하나였다.

그러니, 우리 다시는 만나지 말자.

48

**새벽 두 시**

너는 나의 새벽 두 시에 머물러 있다.

잠에 들기 어려워 뒤척이다 잠시 멍 때리면

그새를 못 참고 내 마음을 비집고 들어온다.

그렇게 나는 너에 대해 생각하고

우리가 함께했던 날들을 돌아본다.

지금쯤 잠에 들었을지

또 밤을 새고 있는 건 아닐지

이런 저런 혼자 하는 고민으로

다시금 우울해진다.

너는 분명 내 걱정 따윈 하지 않을 테니까.

주인공 없는 시나리오

서론은 길었고
본론은 지루했고
결말은 짧았다.


언제부터였을까.
어디서부터 우린 엇갈렸고
각자의 갈림길 위에서 서로를 당겼을까.


우리의 페이지에 마저 못한
이야기를 적고 싶었지만
펜은 더 이상 나오지 않았고 적히지 않았다.
오히려 적으려 할수록 망가지고 찢겨져
미안한 마음만 깊어졌다.


당신의 별이 어떤 형태인지는 상관없었다.
단지 꽃잎이 지고 낙엽이 떨어지고
눈이 흩날리고 차가운 바람에도
따뜻한 온기가 있던 당신의 별에
잠시나마 머물 수 있어 행복했다.

그래서 나는 너의 책을 이만 덮으려 한다.

그렇게 나는 너의 별을 이젠 떠나려 한다.

언제나 자신 있었다. 눈치가 빨라서 상대의 감
정이 어떠한지, 무엇을 좋아하는지 금방 알아
채곤 했지만, 그동안 나는 사랑을 연애로 착각
해 왔다. 나는 사랑이 아닌 연애를 잘하는 사
람이었다. 맞춰주는 걸 잘했던 것이지, 나를 보
여주고 드러낼 땐 철저한 계산과 자기방어적인
태도를 해왔던 것이다.

사랑을 받을 때면 "고마워"가 아닌 "왜?"라는
질문이 먼저 나왔다. 사랑을 받는 게 부담스러
웠다. 한번은 정말 이 정도로 순수하게 사랑을
할 수 있고 받을 수 있구나, 생각이 들만큼 나
에게 사랑을 주었던 사람이 있었다. 그 사랑에
고마웠지만, 한편으로는 과분했고 부담스러웠
다. 그러다 보니 나도 모르게 뒷걸음질을 쳤고
이번에도 이렇게 끝나겠구나 싶었는데 예상 밖
이었다. 그는 오히려 나를 조용히 기다려줬고
더 많은 사랑을 주었다.

이제는 끝난 사이지만 여전히 나는 궁금하다.

그 사람은 어떻게 그런 순수한 사랑을 했으며,

나에게 그런 무수한 사랑을 줬었는지.

**큰일이다**

좋은 사람에게 마음이 생기고
좋아하고 싶은 사람에게 욕심이 생기고
좋아하는 사람에게 기대가 생기는 거라면

그럼에도 언제나 당신 곁에
머무르기를 원한다면
무엇이 최선일까.

어쩌면 나는 이미 멋대로 당신에게
기대가 커지고 있는 걸까.

큰일이다.

사
랑
의
순
간
들

대학생 때, 일 년 동안 짝사랑했던 선배가 있었다. 정말이지, 슬쩍슬쩍 바라보고 은근히 티내는 그런 단순한 짝사랑이 아니었다. 얼굴도 못 쳐다보고, 그러다 눈이라도 마주치면 얼굴이 새빨개져서 머릿속이 하얘질 정도였다. 먼저 다가가서 말을 걸면 될 것을 그땐 뭐가 그렇게 조심스러웠는지 호칭을 부르기도 어려웠다. '선배'라는 단어가 참 사람을 미치게 만들었다. 왜 자꾸 선배라고 하냐며 다른 애들처럼 그냥 '오빠'라고 부르라던 말에 눈물이 날 것 같아 주체 못하게 떨리는 마음이 '오빠'라는 단어를 감히 생각지도 못하게 만들었다.

"아니에요! 저는 선배라는 단어가 편해요."

그렇게 우물쭈물 반년이 조금 지나고 큰 결심을 갖게 되는 한 사건이 있었다. 선배가 입대하게 된 것이다. 이렇게 보내면 그동안 바보 같던 내 모습이, 오래도록 후회스럽고 아쉬울 것 같아서 용기를 내 처음으로 먼저 연락을 했다.

"선배, 군대 가기 전에 밥 한 끼 해요!"

이 한마디에 얼마나 큰 용기를 걸었고 설렘을
담았는지 선배는 몰랐겠지만 그러자며 흔쾌
히 승낙을 받았다. 그렇게 우리는 강남에서 만
났고, 저녁까지 약속이 이어졌다. 술 한잔 하
자는 말을 듣는데 그게 얼마나 신나고 행복하
던지.

포차에 들어와 주문을 하고 잘 마시지도 못하
는 술을 한두 잔 마시니 세상 무서울 게 없었
다. 그마저도 선배의 눈을 또렷이 바라볼 수
있는 것뿐이었다. 바라보는 동안 드는 생각은
'아, 정말 잘생겼다'뿐이었다.
도수가 낮은 술에도 쉽게 취해 벌겋게 무르익
은 마음에 심장이 빨리 뛰는데 이게 술 때문에
그런 건지, 아니면 그토록 바라고 바라던 선배

앞이라 그랬던 건지 잘 모르겠다. 낯간지럽지
만, 나를 걱정하며 바라봐주고 있는 선배의 눈
빛 속에서 이 순간이 영원했으면 좋겠다는 생
각을 했다.

"선배 잘생겼어요."

쑥스러운 미소로 왜 자꾸 그러냐며 그만 말하
라는 선배. 하긴, '잘생겼어요. 정말 잘생겼어
요, 선배.' 이 말만 앵무새처럼 계속 되풀이하
는데 어느 누가 쑥스럽지 않을까. 사실 잘생겼
다는 단어를 핑계로 '좋아해요. 정말 좋아해
요, 선배' 라는 말을 대신했던 것뿐이다. 취중
핑계로라도 어떻게든 진심을 말하고 싶었다.
혀끝에 매달려 떨어지지 않는 고백이, 누구에
게나 쉽게 좋아하는 티를 내고 혼자서 참고 바
라본 적 없던 나를, 참 어렵게 만들었다.

끝내 마음을 전하지는 못했지만, 그때의 순수

하고 거짓 없던 사랑이 이따금 생각난다. 결국 사람이, 사랑이 다시금 나를 살아있게 한다. 그렇게 우리는 오늘도 사랑을 시작한다.

**속
도**

마음에는 일정한 속도가 없다. 너무 빨리 달려 쉽게 지치는가 하면, 또 어떤 때는 너무 천천히 달려 관계에 진전이 없다. 모든 관계에는 제각기 마음의 속도가 다르게 움직인다.

다정함이 어느새 경계심을 들게 만들고, 따뜻함이 무서워진 나를 그럼에도 이해해주고 기다려주는 사람이 생겼다. 처음엔 나와 달리 꽤나 빠른 속도로 달려와 부담스러웠고 '왜 굳이 이렇게까지 나에게?'라는 의구심이 들었다. 맞춰 보려고 노력하다가도 어느새 나도 모르게 그 사람에게 선을 긋고 밀어내고 있었다. '아, 이번에도 잘 되지 않겠구나.' 하는 마음으로 자포자기하고 있을 무렵, 언제부터인지 꾸준히 나를 위해 노력하는 그의 모습이 눈에 들어왔고, 금세 식을 것 같던 마음이 어느 순간 이 사람이라면 믿어보고 싶다는 마음으로 바뀌어 있었다. 그 이후로 많은 변화가 일어났다.

한번은 카페에서 만나자는 약속을 했다. 카페에서 그를 기다리고 있는데, 순간 익숙한 향수 냄새가 느껴지면서 코끝이 간지럽더니 근처에 그가 있는 것만 같은 착각이 들었다. 기다리는 그 시간이 얼마나 즐겁던지. 그때 깨달았다. 아, 큰일 났다. 정말 큰일 났다.

그와의 약속이 끝나고 집으로 돌아가 한참을 고민했다. 이 마음이 진심일까? 아니면 자주 보다 보니 정이 들어서 그런 걸까? 아무리 생각해봐도 이건 진심이었다. 그 사람이 좋아진 거다. 잠들기 전, 그에게 이 마음을 꼭 전해야 할 것 같아 용기를 내어 말했다.

"오늘 당신을 기다리는 동안 깨달았어. 내가 당신을 많이 좋아하게 되었구나. 나, 처음보다 당신에게 마음이 더 열린 것 같아. 고마워."

누군가 그랬지. 기다리는 시간이 설레고 좋다면, 그 사람을 좋아하게 된 거라고.

외
사
랑

당신은 모를 겁니다.
얼마나 이토록 가슴 떨리게
당신을 사랑하는지.


당신 입꼬리에 내 마음을 걸고,
당신 눈꼬리에 내 진심을 담는다는 것을.


날 향한 어투 하나, 행동 하나가
어찌 이리 사람을 속도 없이 흔들어 놓는지
알다가도 모르겠습니다.


이불 위를 뒹굴며 좋아 죽겠다고
베개에 얼굴을 숨기듯 파묻는 나를
당신은 모를 겁니다.


당신이 여전히 모르길 바랍니다.
앞으로 오래 내 마음을 내어줌으로써
알려주고 싶습니다.

그때가 오면

이 마음을 알아주세요,

더 깊이.


그렇게만 해 준다면,

더 바랄 것이 없습니다.

그거면 됩니다.

비
와
당
신

좋아하는 노래를 들으며
비오는 풍경을 바라보는 것도 좋고
빗길을 달리는 차 소리,
빗방울이 떨어져 부딪히는 소리,
잔잔히 들려오는 비바람 소리도 좋다.


그래도 가장 좋은 건
우산 아래 당신과 함께 걸으며
스치는 순간이다.


빗소리밖에 들리지 않는 그 순간,
모든 마음이 당신에게로 달려간다.

너
의
이
름

마음속 추억 조각 하나,

조각들이 맞물린 하나의 그림은

우리의 이야기가 된다.


제목은 너의 이름,

표지는 우리의 순간,

목차는 함께한 시간.

**계절의 순환**

귀밑까지 잘랐던 머리가
어느새 어깨까지 자라 자꾸만 뒤집어진다.


차가운 바람을 막기 위해 껴입었던 옷들을
이제 옷장 속으로 넣는다.


내리는 눈을 바라보며 설레던 마음이
이제 내리는 꽃비에 설렌다.


계절은 변하고 다시금 돌아온다.
민들레꽃은 날아갔고, 그 씨앗들은
다음 봄을 기다리며 땅에 숨었다.
차갑고 하얗게 변했던 모든 것들의
색이 돌아오고 있다.
가을이 지나고 겨울이 지나, 이제 봄이다.


그러니 돌아왔으면 좋겠다.
이맘때 내가 사랑했던 당신도.

2장                            바람의 방향

누구의 잘못일까

배려 명 도와주거나 보살펴 주려고 마음을 씀

희생 명 어떤 사물, 사람을 위해서 자기 몸을 돌보지 않고 자신의 목숨, 재산, 명예 따위를 바치거나 버림

'배려'와 '희생'은 사전상 굉장히 다른 의미로 적히지만, 실생활에서는 이 둘의 의미를 잘 구분하기 어렵다. 다른 의미를 지닌 두 단어 사이에는 애매모호한 경계선이 있다. 곤경에 빠진 상대를 위해 했던 배려가 의도치 않게 희생이 되었을 때, 우리는 대개 손해를 본 것 같거나 찜찜한 기분을 느낀다.

"내가 해 볼게!"라는 좋은 의미에서 시작된 배려가 나 혼자의 희생이 되어버린 경우도 많다. 과연 누구의 잘못일까. 당연하게 여겨진 배려일까, 눈치 없이 나선 사람의 잘못일까?

아
픈
이
유

자꾸 현실하고 타협하면

마음도 모르는 기계가 돼.

누구를 좋아하는지,

나에게 맞는 것이 무엇인지.

중요한 것들을 놓친 채 청춘이 다 가버려.

그러니까 너 자신을 지켜.


'아프니까 청춘이다'라는 말 믿지 말고

왜 아픈지를 제대로 알아야 해.

나를 아프게 하는 게 무엇인지.

"잠시만요!"

겨우 승강기에 올랐지만, 그 누구도 열림 버튼을 누르지 않은 채였다. 조금의 기다림도 허락할 수 없다는 듯, 그들의 표정에는 빨리 올라가고 싶어 하는 모습만이 역력했다. 가만히 승강기 여닫힘 버튼을 바라보았다. 얼마나 많은 사람들이 눌렀는지, 열림 버튼에 비해 닫힘 버튼은 글자가 희미하게 지워져 있을 정도로 닳아 있었다. 왜 우리는 무엇이든지 '빨리 빨리'에 익숙해져 있는 것일까. 왜 10초의 여유도 허락하지 않는 것일까.

드라마도 마찬가지다. 이야기 속에 담고 있는 작가가 하고자 하는 말의 의미는 들여다보려고 하지 않은 채, 그저 전개가 빠르게 진행되어야 재미있는 것이라 생각한다. 물론 빨라짐에 있어서 더욱 생활이 편리해진 것은 사실이지만, 느긋하게 여유를 가지고 살아간다는 것 자

체를 게으르거나 생각이 없는 것으로 구분 짓고는 한다. 또한 빠르게 변화하는 사회에 적응하지 못하면 어느덧 '낙오자'로 인식된다.

왜 우리는 기다림, 느긋함, 여유로움에 익숙해져서는 안 되는 걸까.

**말이 직진으로 달리는 이유**

어렸을 때, 말을 직진으로 달리게 하는 방법에 대해 들었던 적이 있다. 말의 시각은 매우 넓기 때문에 눈가리개로 옆을 가려줘야 앞으로만 달릴 수 있다는 것이었다.

나는 어떻게 달리고 있을까.
언제부터인가 스스로에게 편견과 선입견이라는 눈가리개를 씌운 채, 애써 무시하며 보고 싶은 것만 보며 달려온 건 아닐까.

안녕.

너에게 편지를 쓰는 건 처음이라 어떻게 시작
해야 할지, 하고 싶었던 말들을 어떻게 전해야
할지, 펜을 든 순간부터 머릿속이 아득해진다.

20년이라는 시간은 누군가에게는 먼, 누군가
에게는 불완전한 나이지. 이제 너는 2학년이
되어, 갓 고등학교를 졸업하고 대학교에 입학
할 스무 살의 친구들을 보며 흐뭇해하겠지.

열아홉 그때, 기억나? 모두가 스무 살이고 설
렘에 들떠 있을 때 너는 붕 떠 있었어. 그리고
넌 무언가라도 붙잡아야만 했어. 그래서 학업
에 더 열중하고 언제나 나와 맞지 않은 사람을
멀리하며 구분지어서 맞는 사람들하고만 어울
렸어. 행복하고 싶다는 마음보다 행복했다는
생각이 들었으면 하는 마음이 더 컸었던 것 같
아. 그래도 참 좋았어. 아무나 못할 특별한 경
험을 했잖아. 하고 싶은 일에 대해 깊게 알 수

82

있는 기회가 생겼고, 스물의 청춘에 섞여 너의
열아홉의 낭만은 더욱 깊어졌지.

그리고 그때의 네가 버텨줘서 내가 이렇게 웃
으며 회상할 추억이 생겼어. 사실 웃기 힘든 추
억도 있지만 그래도 정말 네 덕분에 내 주변 사
람들에 대한 소중함과 고마움을 느끼고 익숙
함에 대한 나약한 잘못들도 깨달았어. 아마 그
때의 실수가 없었더라면 지금의 나는 더 힘들
었을지도 몰라.

실수도 많고 눈물도 많은 미성년이었던 나에
게 진심으로 고생했다고, 사랑한다고, 고맙다
고 말해주고 싶어. 그리고 말할게. 이제 성년이
된 스물의 나는 아직 어른은 아니지만 어른이
되기 위해 여전히 상처받으며 사랑받는 중이라
고. 사랑한다.

- 2017. 인생술집 中

상
대
방

날씨가 좋아 카페 테라스에 앉아 적당한 여유
로움을 즐기고 있었다. 그때 자동차 한 대가 시
야를 가로막았다. 순간 좋았던 기분이 한껏 가
라앉았다. 테라스 앞에 주차를 한 사람은 자신
의 행동에 상대방이 어떤 기분을 느끼는지도
모른 채, 여유롭게 커피를 마시며 웃고 있었다.

문득 나 역시 그런 사람이었을 수도 있겠다는
생각이 들었다. 수많은 인간관계에서 의도하
든 의도하지 않았든 누군가에게는 상처를 주
고 피해를 주고 힘들게 해놓고 나는 그 결과로
행복을 얻었을 수도 있겠구나. 결국 모든 일에
는 상대방의 입장에서 생각해 보는 것이 중요
하다. 내가 기분 나쁠 일이라면, 상대방 역시
기분 나쁜 일일 것이라는 배려 말이다. 나 역시
그런 사람일 수 있다는 사실을 잊지 말자.

가끔 죽음을 생각한다. 내가 만약 죽는다면 어떤 방식으로 죽게 될까? 많이 아플까? 죽음이 다가온다면 어떤 방식으로 대처해야 할까? 감정이 북받쳐서 혼자 유언을 써보기도 했다. 처음으로 써 본 유언은 중학생 무렵이었고, 두 번째로 쓴 유언은 스무 살 때였다. 얼마 전 스무 살 때 썼던 유언을 발견했다. 유언은 울지 말라며, 나는 당신의 기도를 들어주기 위해 가는 것이고 더 오래 함께 있지 못해 아쉬울 뿐이라는 내용이었는데, 그때의 나는 아마 많이 울었고 또 많이 슬펐던 것 같다.

나는 내 장례식이 재밌고 밝았으면 좋겠다. 환생을 믿는 한 사람으로서 다음 생에는 이번 생에 나에게 베풀어 준 사람들을 위한 삶을 살 거라 생각하기 때문이다. 그래서 나의 죽음이 비통하고 슬픈 일이 아니었으면 좋겠다.

이
세
상
에

이 세상에 절실하지 않은 사람 어디 있고 사연 없는 사람 어디 있겠는가. 다 하나쯤은 아픈 사연을 갖고 있겠지. 하다못해 꿈이라도 있겠지. 그 꿈이 어디 거창해야만 하는가. 무언가를 사고 싶고 갖고 싶고 어떻게 살고 싶고 행복해지고 싶은 마음도 꿈일 텐데.

이 세상에 꿈 없는 사람은 없다. 세상이라는 잠에 들어 세상을 꿈꾸는 사람들이 모여 희망을 품고 그 희망이 다시 꿈이 되어 다른 사람을 꿈꾸게 만든다.

**배우 수업**

연기 지망생들이라면 누구나 한 번쯤은 들어 보았을 《배우 수업》이라는 책이 있다. 그 책을 읽다 한 부분에서 큰 깨달음에 고민을 하게 되었다. "예술을 위해 봉사하기 위해서 희생하는 것이냐, 아니면 인기 또는 경력을 쌓는 개인적인 목적을 위해 예술을 악용하려는 것이냐?"는 질문이었다.

이 질문에 대해서는 아직도 정확한 답을 내리지 못했지만, 개인적으로 "예술은 본질이 없다고 생각한다"고 말하고 싶다. 다만 우리는 순간을 살아가는 예술가의 정의를 따지기 이전에 이때까지 예술이 어떻게 진화해 왔는지를 먼저 알아야 한다.

각자 느끼는 감정이나 생각에서 피어올라 그것을 그려 내고 표현해 내며 표출해 내는 것이 예술이라고 생각하기에, 본질이 희석된다는 말보다는 예술의 종류가 다양해지는 지금 이 시대에 맞춰 변화해 나간다는 말이 더 적합한 표현이 아닐까 싶다. 또한 어떤 공부를 하든 무슨 일을 하든, 선택으로 인해 일어나는 상황을 즐기지 못하거나 행복하지 않다면 아무리 많은 부와 명예를 축적한다 한들 결코 오래가지 못할 것이다. 이는, 예술에 대한 동기가 거짓을 가장한 진실이 되거나 악의를 품은 뜻이라면 언젠가는 밝혀질 것이라고 생각한다.

예술은 인간을 통해 만들어진 하나의 존재지만, 예술의 존재로서 한 인간이 만들어질 수도 있기에 그에 맞는 희생을 할 수도 있는 것이고 예술을 통해 삶을 살아갈 수도 있는 것이다.

**댓글**

언제부터인가 연예 기사에 댓글 창이 없어졌다. 연관 검색어가 사라졌다. 사랑하고 아끼던 사람들이 상처받고 힘들어할 땐 외면하고 묻히던 일들이 겨우 사라지기 시작했다. 다소 늦었다고 생각하지만 이제라도 바뀌어서 한편으로 다행이다.

가끔 주변 사람들에게 이런 말을 듣는다. "넌 어렸을 때부터 직업이 있어서 좋겠다." 글쎄, 이 일을 시작해서 좋은 일들도 있었지만, 연예인이라는 이유로 나이 상관없이 모르는 사람들에게 욕을 먹어야 했고, 내 가족들이 힘들어했고, 공인이라는 새장 안에서 자유롭지 못했다. 들려도 못 들은 척 해야 했고, 보여도 못 본 척 해야 했다. 그들이 정해 놓은 규칙에 그렇게 17년을 따랐다. 나는 고민 없이 이 직업을 선택했지만, 매순간을 후회했다. 내가 상처받아서가 아니라 내가 사랑하는 사람들이 나 때문에 울어야 하는 이유를 모르겠어서.

우리끼리 농담으로 주고받는 "우리는 비정규직이잖아"라는 말처럼, 원한다면 평생을 출퇴근하며 다닐 수 있는 직업도 아니고, 꼬박꼬박 월급을 받을 수 있는 것도 아니다. 24시간, 365일 늘 긴장하고 신경을 써야 한다는 게 너무 힘들었다. 대중도 알아야 한다는 말도 안 되는 권리를 따지며 사생활을 침해하고 가정사를 들먹이고 몰래 사진을 찍어 공개를 하고, 인터넷에서는 별것 아니라 생각했던 일에 대해서 자랑하듯 왈가왈부한다.

'악플도 관심이다' '연예인에게는 무플이 더 비참하다' 라는 말을 어렸을 때부터 수도 없이 들어왔다. 그래도 전에 비해 많이 변해서, 무례함을 당당함과 솔직함으로 착각하던 사람들이 이제는 조심하기 시작했다. '악플'에 대한 사회적인 인식이 많이 변화했기 때문일 것이다.

이 글이 누군가에게는 어이없거나 이치에 맞지

않는다고 생각할 수도 있겠지만, 사람들이 내게 쏟아 내고 뱉었던 말에 대한 아주 자그마한 반항이지 않을까 싶다. 모르겠다. 이젠 내가 어디까지 말을 해야 하고, 어디까지 신경을 써야 하는 것인지, 정말 모르겠다.

감정 중독증

나는 우울한 게 좋다. 그 감정이 편하다고 느낀
건 14살, 중학생 무렵부터인 것 같다. 그때 우
울함이 나를 지켜줄 것 같다는 막연한 생각을
했었고, 그 속에 있으면 이외의 것들이 느껴지
지 않아 편했다. 슬픈 것들을 좋아하고 습관적
으로 우울해졌다. 그러다 보니 어느 순간 지금
내가 우울한 건지 아니면 다른 감정인지 알 수
없게 되었다. 익숙해진 거다.

취향처럼 습관적인 감정 중독이 스스로를 망
치거나 혹은 더 나은 사람으로 만들기도 한다.
우울한 감정이 나를 망치고 있다는 생각이 들
게 된 건 19살, 대학교 1학년이 막 끝나갈 무
렵이었던 것 같다. 새내기의 환상에 많은 기대
감을 품고 입학했지만, 현실은 내게 너무나 가
혹했다. 학교에서 집으로 돌아가는 길에 얼마
나 많이 울었는지 모른다. 그렇게 허무하고 처
절하게 일 년을 보내고 나니 이렇게 살다가는
내가 죽을 것 같았다. 스스로 행복해져야겠다

는 생각에 내가 하고 싶은 일을 하나씩 해 보고 싶다는 마음이 들었다. 정신없이 사랑도 해 보고, 새벽 일탈도 해 보고, 없는 것 빼고 안 해 본 게 없었다. 그러다 보니 점점 나에 대해 알게 되었고 내가 뭘 좋아하고 싫어하고 조심해야 하는지 찾게 되었다. 아직까지 길고 길었던 우울증이 전부 다 낫진 않았지만, 그 후로 나만의 행복에 중독되어 더는 습관적 우울은 필요하지 않게 되었다.

이렇듯 감정에도 중독이 있다. 대개 '사랑에 중독되고 슬픔에 중독되었다'라는 말처럼 뇌에서 일어나는 화학반응의 중독성은 이토록 무섭다. 그렇기에 힘들고 우울하더라도 감정의 중독에 빠지지 않도록 계속해서 새로운 시도도 해 보고, 사람도 만나면서, 자신을 찾아갔으면 좋겠다.

어른이

초등학생 때부터 '애어른' 같다는 말을 참 많이 들었다. 그 당시 나는 그게 칭찬인 줄 알았고, 빨리 어른이 되고 싶었다. 어린 사람으로 여겨지는 것이 싫어서 사랑을 넘겨짚었고 애써 어른인 척 감정을 눌러왔다.

뭐가 그렇게 급했을까. 아직 나는 어리숙하고 부족한 사람이었는데, 왜 그렇게 어른이 되고 싶어서 나를 다그치고 가두었을까. 어른은 되고 싶지 않아도 어떻게든 찾아올 테고, 어린아이의 순간을 누릴 수 있는 건 아주 잠시뿐인데. 이제야 조금 알 것도 같다. 그때의 내가 어른스러운 행동이었다고 생각한 것들이 왜 어른들의 눈에는 어리게 보였었는지.

정말 어른이 된 지금 여전히 나는 어린이에 머물러 있는 것 같다. 어릴 때 부려야 했을 어리광을 이제야 뒤늦게 부리곤 한다. 어설프게 이도 저도 아무것도 아닌 '어른이'가 되어버렸다.

**가시**

가식 속에 박혀 있는 가시를

하루 종일 내뱉으면

내 목을 긁고 올라온 가식들로 인해

지친 하루를 보낸다.

안
부

술을 진탕 먹고 추위에 떨다가,
정신을 차리고 눈을 떠 보니
도무지 여기가 어딘지 아무것도 모르겠고
당장 돈도 없고 휴대폰도 잃어버린 심정이야.

남들은 다 알맞은 패를 내고 있는데
나만 정해진 조건에 맞는 패가 나오지 않아서
맞지 않는 패를 계속해서 내고 있는 심정이야.

정말 딱 이게 요즘 내 심정이야.
그렇다고 돌아온 길을 돌아가자니
미련이 커서 그러지도 못하고
나아가자니 너무나 큰 산들이 많아서 두려워.

미안해, 잘 지내지 못해서.

**잽**　15살 무렵부터 취미 생활 겸 틈틈이 복싱을 배웠다. 스트레이트를 날리기 전에 잽이라는 걸 하는데, 보통 잽은 상대와의 거리를 재기 위해 하는 펀치의 일종이다. 그리고 사실 상대를 자극하기 위한 방법이기도 하다.

너와 나의 거리를 재기 위해서 한 행동이 어떻게 너를 자극했을까.

깐족거리는 거다. 약 올리기를 잘하는 친구들을 보면 그게 언어로든 행동으로든 사람을 툭툭 치기를 좋아한다. 상대는 이게 지속되다 보면 슬슬 화가 치밀어 오른다. 처음에는 겨우 이 정도로 반응하는 것도 우스워서 가볍게 넘어가지만, 그게 쌓이고 쌓이면 도저히 참을 수 없을 정도로 아프고 화가 난다. 참다못해 터진 화는 이미 익숙해진 상대방에겐 당혹스럽기 그지없다. "안 그러던 애가 갑자기 왜 그래?"라는 말로 과하게 반응한다고 여긴다.

나도 그랬을 거다. 편하게 대해주고 받아주는 사람에게 툭툭, 심한 말을 내뱉고 어디까지 받아주나 시험하고. 그렇게 나도 모르는 사이 소중한 사람들의 마음속에서 지워져 갔는지도 모르겠다.

우울하거나 마음이 말라간다는 생각이 들 때
마다 허기가 지고, 먹어도 먹어도 계속 배가 고
파서 무언가를 끊임없이 먹게 된다.

그렇게 며칠을 반복하다 보면, 거울 속에 비친
설움을 가득 담은 두 눈동자와 살이 오른 나와
마주하게 된다. 그렇게 나의 우울함을 마주한다.

아, 내가 요즘 많이 힘들구나, 우울하구나.
이런 바보 같은 내가 너무 싫은 요즘.

엄마가 울었다. 좋은 집에서 태어나 더 사랑받으면서 자랄 수 있었을 텐데, 그렇게 해주지 못해서 미안하다고, 엄마는 계속해서 미안하다고 말했다.

나는 한 번도 그런 생각을 해 본 적이 없는데, 언제나 감사했고, 당신을 바라보며 삶에 대한 목표를 다짐해 온 나인데, 당신께서 이렇게 울면 어떡하지. 짧다면 짧지만 내 평생 그런 후회나 생각을 한 적이 없다며 웃으며 잘 달래어 침실에 든 당신을 뒤로 하고 나는 이불을 머리까지 덮은 상태로 웅크린 채 울었다.

엄마가 울 때 나는 울지 않는다. 오히려 상황에 따라 웃으며 넘기거나 냉정하게 잘라 말한다. 내가 울면 엄마는 더 마음이 아프다고 했다. 그래서 나는 울지 않는다.

**곰
인형**

아침 일찍 약속 장소에 가기 위해 버스를 타러 가는데, 우연히 재활용품 수거함에 버려진 곰 인형을 발견했다. 본래 희고 깨끗했을 하얀 털은, 얼룩으로 인해 꼬질꼬질해져 있었다. '더러워져서 버렸나' 하고 지나치려는데, 웃고 있는 곰 인형의 얼굴이 발길을 멈추게 했다. 처음엔 사랑받으며 희고 예뻤을 텐데, 많은 사랑을 받았을 텐데, 이제는 더러워지고 불필요해져 버림받았음에도 여전히 웃고 있는 모습에 마음이 아팠다. 물론 한 가지의 표정으로 만들어져 웃고 싶지 않아도 웃어야 하는 운명이겠지만, 어쩐지 그동안 받아 온 사랑을 기억하며 웃는 것 같았다. 그렇게 약속 시간이 가까워져 오는데도 한참을 그곳에서 떠나지 못한 채 곰 인형을 바라보았다.

친구들을 만나서 대화를 하거나 SNS의 인기 게시글을 보면 가끔 참 알아들을 수 없는 말들이 있다. 시대의 변화가 너무 빨라졌다.

옛날 유행어들은 TV에서 생겨났다고 한다면, 요즘 유행어는 휴대폰에서 생겨난다. 일명 인플루언서나 유튜버 등의 메신저, SNS, 동영상 등을 통해 어느덧 그들의 말과 행동이 유행처럼 자리잡기 시작했다. 언어뿐만 아니라 콘셉트, 의상마저 이젠 그들만의 유행을 만들어 내며 앞다투어 경쟁하기 시작한다.

언제부터인가 그들을 따라가는 것이 너무 벅차다. 조금만 뒤처지거나 다른 생각을 하면 '꼰대' '진지충' '틀딱이' '조선 시대 사람'이라는 말을 듣는다.

나의 감정과 생각을 강요한 적이 없는데, 그저 드러냈다는 것만으로도 평가를 받고 이상한 사람 취급을 받는다. 의미도 깊이도 없는 속 빈 강정과도 같은 관계에서 나답게 살아간다는 것이 무엇인지, 중심을 잡는다는 것이 무엇인 지, 여전히 어렵다.

**어떤 상황에도**

사공이 많으면 배가 산으로 간다.

사공이 많으면 배가 산으로도 간다.


너무 많은 조언과 관심 속에서 힘들 때에도

분명 더 나은 생각을 하게 되고,

좋은 것이든 나쁜 것이든 배울 점이 있다.

**판단의 오류**

상대가 좋은 사람이라는 이유로
모든 것을 정당화시켜 바라보았고,
상대가 착한 사람이라는 이유로
모든 것에 의미를 깊게 두고 바라보았다.

결과는 그랬다.

착한 사람이라 한들
배려가 있는 것도 아니었고,
좋은 사람이라 한들
양심적인 것도 아니었다.

그러니 누구든 섣불리
혼자 판단하는 것만큼
위험한 것도 없다.

**두
손
의

미
래**

타로나 사주, 손금 보는 걸 좋아한다. 그렇기에
알 수 없는 미래를 대충이나마 알 수 있게 된다
는 것이 얼마나 재미있는지 누구보다 잘 안다.

다만 단순히 재미로 보아야지, 그것에 당신의
미래를 걸어서는 안 된다. 당신의 미래는 본인
이 어떻게 하느냐에 따라 충분히 변할 가능성
이 높기 때문이다. 그러니 자신의 미래를 걱정
하고 두려워하기보다 당신의 그 두 손으로 스
스로 만들어 보는 건 어떨까.

**솔직해지는 방법**

*이 글을 읽고 저자의 심정을 서술하시오. [4점]*

학교 국어 시험에 한 번도 빠지지 않고 나오는 문제의 지문. 이 지문을 볼 때마다 항상 의문이 들었다. 작가의 심정을 내가 어떻게 알아? 그래서 학교에서 알려 주고 문제집 답안지에서 알려 준 심정을 그대로 옮겨 적는다. 이 작가는 어느 시대에서 무엇을 보고 느꼈으며, 어떠한 심경으로 적었다고.

조금 다르게 지문을 바꿔보면

*이 글을 보고 느낀 감정 혹은 심정은 어떠한가?*

아마 이 지문에서 대부분 명해질 것이다. 내가 이 글을 읽고 무슨 마음이 들었을까. 난 지금 무슨 기분일까. 아무도 알려주지 않은 답을 적기란 참 쉽지 않다. 당장 내가 느끼고 바라보고 있는 것에 솔직하지 못한다. 최근 작품을 보면

가면을 쓴 그림들이나 등에 화살에 맞아 아파
하면서도 웃고 있는 작품들이 참 많다. 이처럼,
타인에 의해 만들어 낸 감정과 행동이 본인을
좌지우지한다는 뜻이다.

어쩌면 어느 순간 우리는 솔직해지는 방법을
잊어버렸는지도 모르겠다.

마음속의 발

"신발 사이즈 잘 맞아?"

아버지는 아이에게 물었다. 새 신발을 샀는지 반짝반짝 신발에서 윤이 났다. 아이도 만족했는지 고개를 끄덕이며 웃었다.

"어제 신었던 노란색 신발은 버릴 거지?"

새 신발이 생겼음에도 아이는 버리고 싶지 않았는지 그대로 신겠다고 했다. 그러자 아버지는 아이에게 새 신발이 잘 맞으면 이제 그 신발은 발에 작다는 뜻이니 버리자고 했다. 그래도 아이는 버리고 싶지 않았는지 왜 버려야 하느냐고 재차 물었다.

"네 마음속의 발이 커져서 그래."

그제야 아이는 이해했는지 고개를 끄덕였다. 아무리 지금껏 소중하게 아꼈던 것일지라도 더

이상 맞지 않아 자신을 아프고 힘들게 만든다
면, 과감하게 버려야 한다. 그것이 얼마나 소중
했고, 얼마나 나를 행복하게 만들었는지는 중
요하지 않다. 중요한 것은 현재 나를 아프고 힘
들게 만드는 것은 더는 필요하지 않다는 사실
이다.

**시**  이번 주 전공 과제는 자신이 좋아하는 시 한 편
을 준비해 오는 것이었다.

평소 시를 좋아하던 터라 모아 둔 시집과 좋아
하는 시인의 시를 검색하며, 오랜만에 많은 시
를 천천히 읽어 보았다.

이렇게 가만히 시를 읽다 보면, 이 시인은 당시
무슨 상황이었을까, 무슨 마음이었기에 이런
시를 쓰게 된 걸까 상상하게 된다.

시는 단어 하나에도 많은 의미를 함축하고 있
다. 한마디의 말에도 다양한 감정이 섞여 있고
여러 가지 묘사가 담겨 있는데, 정확히 해석하
기란 너무 어려운 일이다. 그래서 오히려 참 매
력적이다.

누군가 내게 어떤 하루를 살고 싶은지 묻는다면 "한 편의 시 같은 하루를 살고 싶다"고 말하고 싶다. 나의 삶이 한 편의 시와 노래처럼 흥얼거리며 흘려보내더라도, 마음속에는 길고 잔잔하게 여운이 남는, 그런 시처럼 말이다.

3장                                 마음의 방향

**숙제**

의외로 진실을 말하는 것은 쉽지만
진심을 전하는 것은 어렵다.

**장점**

그 사람이 가지고 있는 장점은 A와 B

당신이 가지고 있는 장점은 C와 D


당신은 그 사람이 갖지 못한

장점을 가지고 있는데

왜 그 사람의 장점을 부러워해요?


당신은 충분히 좋은 사람이에요.

그러니 자신감을 가져요.

**커피**

카페에서 일을 한 적이 있다. 생애 첫 원두를 내릴 땐 원두 가루를 많이 흘리기도 하고 실수도 잦았다. 스팀을 할 때에도 너무 기계 손잡이를 확 돌려 데일까봐 조심스러웠고, 그래서인지 이상한 거품이 만들어지기 일쑤였다.

점차 커피 내리는 데 익숙해지고 스팀에 능숙해지다 보니 한 가지 알게 된 점은 과감해야 한다는 것이었다. 과감하고 정확하게 중심을 잡는 것. 나를 믿지 못해 소심한 태도와 불안한 마음을 가지고 할 때 실수가 잦았지만, 과감하고 자신감 있게 할 때는 그럴듯한 커피를 내릴 수 있었다.

무엇이든 정확한 목표와 과감한 태도가 중요하다. 까짓 것, 실수하더라도 자신감 있게 중심을 잡는 것, 그래야 그만한 결과를 얻을 수 있다. 자, 그럼 이제 커피를 내려 보자.

**질문과 답변**

가끔 누군가 나에게 배우를 해서 후회한 적은
없는지, 혹은 삶의 선택에 후회한 적은 없는지
묻곤 한다. 그럴 때마다 항상 하는 말이 있다.

"가끔 그럴 때 있죠. 후회라기보다는 아쉬움이
에요. 더 나은 선택을 할 수 있었을 텐데. 그래
도 어쩔 수 있나요. 그때의 나에겐 최선의 선택
이었을 거예요. 그때의 나에게 감히 제가 후회
하면서 추궁하고 질책할 수 있을까요. 그래서
존중하려는 편이에요. 그 선택들을 통해 지금
의 저는 되도록 실수는 반복하지 않으려 하고
그때의 나보다 더 나은 선택들을 할 수 있게끔
저를 변화시키는 중이에요."

예
의
있
게

주변 사람들에게는 친절하게 말을 하면서, 우
리는 가족이라는 혹은 친한 친구라는 이유만
으로 이해해줄 거라는 생각에 가끔 거칠게 말
을 한다. 그렇게 말을 툭, 던져 상처를 주고 뒤늦
게야 미안함을 깨닫거나 깨닫지 못한 채 당연시
여긴다.

말이라는 것은 생각보다 무거운 것이다. 무엇
보다 대화 상대가 나와 가장 가까운 사람들이
라면 더욱 조심해야 한다. 믿었던 사람에게 맞
는 돌멩이가 더 아픈 법이다.

그래서 우리는 나를 믿어주는 사람일수록, 나
를 아껴주는 사람일수록 예의 있게 사랑해야
한다.

**정답**

개인적으로 수학을 잘하는 사람을 보면 존경스럽고 멋있어 보인다. "어떻게 그렇게 수학을 잘해요?" 하고 물어보면, 대부분 정해져 있는 공식의 이해만 있다면 답이 정해져 있는 수학이 쉽다고 말한다.

문득 그런 생각이 들었다. 오히려 답이 정해져 있어서 더 어려운 것이 아닐까. 답이 정해져 있다는 건, 정해진 길이 있다는 말이고, 그 말은 작은 실수만으로도 길이 바뀌고 답이 변한다는 것이니까.

오히려 답이 없을 때, 우리는 자유롭게 나아갈 수 있지 않을까. 가다가 아니다 싶으면 돌아올 수도 있고, 혹은 다른 길이 좋아 보이면 그 길로 접어들 수도 있는 무한한 가능성이 열려 있으니 말이다.

그러니 자신의 인생에서만큼은 미리 답을 정
해 놓지 않았으면 좋겠다. 어느 쪽으로든 당신
의 인생에는 다양한 가능성과 길이 존재할 테
니까.

**선과 악**

한번은 학교 과제로 '선과 악이 불분명한 상황'이 그려진 시나리오로 영화화시키는 게 있었다. 하지만 단순하게 상황을 통해 선과 악을 규정하기란 너무나 힘든 일이었다. 번뜩이는 아이디어에 글을 옮겨 적어 보면, 저 사람은 누가 보아도 나쁜 사람이었고, 이 사람은 누가 보아도 꿍꿍이를 숨겨 놓은 사람이었다.

"교수님, 너무 어렵습니다. 선과 악이 불분명한 상황을 도저히 떠올릴 수 없습니다."

그러자 교수님께서 "그렇게 멀리 있지 않아요. 일상생활에서도 쉽게 목격할 수 있습니다. 대개는 어쩔 수 없이 본인을 위한 행동이 남에게는 악영향을 줄 수 있는 그런 모습들 말이에요."

곰곰이 생각해 보았다. 원래 좋은 아이인 줄 알았는데 한순간의 실수로 그렇지 못한 아이가

되어버린다는 것. 하지만 어쩔 수 없는 선택이
었다는 것.

대부분의 사람들이 한 사람의 단면만 보고 쉽
게 판단한다. 만들어진 인물 필터로 상대를 대
하고 그 사람의 행동에 대한 평가를 내린다.
감히 섣부르다고 할 수 있다. 상황에 따라 변하
는 게 사람의 특성이다. 그러니까 원래 나쁜 사
람도 원래 착한 사람도 없다는 말이다. 아무리
평소에 착해도 한순간에 변할 수 있는 게 사람
이기에 순간의 판단을 오해하지 않는 것이 중
요하다. 결국 사람을 믿지 말고, 상황을 믿어야
한다.

어려운 일

국악은 적당함이라 하였다. 현악기의 줄은 너무 당기거나 밀지 않아야 하고, 타악기는 너무 습하지도 건조하지도 않아야 한다. 소리 또한 감정을 싣되 너무 실어서는 안 된다.

우리는 어려운 일인 것을 알면서도 늘 '남들처럼' 살아가길 원한다. 자신만의 균형을 잃은 채 말이다. 삶에는 언제나 '적당함'이 중요하다. 자신에게 맞는 그 '적당함'을 찾아가는 것이야말로, 어렵지만 반드시 해야 할 일일 것이다.

133

디
어
코
리

이상하게 모든 것들이 잘 맞아 떨어지는 날이었다. 추석 다음 날임에도 불구하고 서울에 차가 없어서 한가로웠고, 주차하는 곳마다 공간이 넉넉하게 남아 있었다. 무엇보다 마지막으로 방문한 곳에서 널 만났을 때, 확신이 들었다. '꼭 데려가서 행복하게 해주고 싶다.'

3개월도 채 되지 않은 남자아이였다. 종은 '차이니스 샤페이'였고 때문에 덩치는 개월 수보다 좀 컸다. 그래도 좋았다. 책임지고 서로의 마지막을 기억해 줄 가족이 더 생긴다는 것이. 이름은 '코리'로 지었다. '코리'라고 지은 데는 생각보다 단순한 이유였는데, "너는 차이니스(중국) 강아지가 아닌 코리아(한국) 강아지야"라는 의미였다.

아무래도 가장 걱정이 들었던 건 대소변 훈련이었다. 처음으로 반려견을 기르는 탓에 더 걱정이었다. 그런데 한두 달은 걸릴 것이라 생각

kore_a_dog

했는데, 신기하게도 코리는 일주일 만에 대부분의 대소변을 가리게 되었다. 물론 무언가 코리의 기분을 상하게 하는 날에는 온 집 안 바닥이 난리가 나긴 하지만.

코리를 처음 집에 데리고 왔을 때, 가족 모두 들떴었다. 누가 먼저라 할 것 없이 강아지의 종 특성을 검색하고, 주면 안 되는 음식을 알아보고 함께 공유했다. 다행히 밥도 잘 먹고 대소변도 잘 해결해서 기뻤지만, 한 가지 마음이 아팠던 것이 있었다. 다른 강아지들보다 큰 덩치로 두 달을 좁은 유리창 안에 갇혀 지내며 활동력이 너무나 적었던 터라, 걷는 모습과 뛰는 다리가 보는 사람마저 행여나 넘어질세라 불안할 정도로 정말 약했던 것이다. 다행히 지금은 잘 뛰어놀고 건강하지만, 당시 그 모습을 보며 또 다짐했다. 이렇게 장난도 잘 치고 뛰어노는 것을 좋아하는 너와 모든 곳을 다니리라고.

또 잠귀는 어찌나 밝은지 밤에 화장실에 갔다 나오면 잠결에 비틀거리며 걸어와서는 내 앞에 앉아 천천히 꼬리를 살랑살랑 흔드는 모습이 너무나 귀엽다. 그래서 요즘엔 코리가 잠에서 깰까 봐 새벽에 화장실 가는 것도 조심스럽다. 잠든 모습이 정말 아기 같다. 소곤소곤 숨 쉬는 소리와 편안히 어딘가에 기댄 모습은, 정말이지 보기만 해도 절로 미소가 나온다. 가끔 부모의 마음이란 이런 것일까 싶은 생각도 든다.

사실 집에선 밥을 먹을 때를 제외하고는 각자 방에 들어가곤 했다. 하지만 코리가 집에 온 뒤로는 모든 식구가 거실에 나와 같이 TV를 보고 코리와 장난을 치고 서로 대화를 하기 시작했다. 코리에게 정말 고마운 일 중 하나다.

그리고 집에 가는 것이 기다려졌다. 원래 밖에 오래 있지 못하는 저질 체력이긴 하지만, 이제는 코리의 안부가 궁금하고 보고 싶어서 늘 집에 일찍 가고는 한다.

이렇게 나에게 가족이 하나 더 생겼다. 코리는 태어난 지 이제 막 100일을 넘겼고, 가족이 된 지는 2주 정도밖에 안 되었지만, 어느새 우리에게 정말 커다란 존재가 되어버렸다. 앞으로도 함께 행복하며, 그 누구보다 사랑받는 아이로 자라게 해주고 싶다. 서로의 마지막 날을 기억할 그 날까지. 사랑해, 코리야!

**보통의 하루**

아무리 아름답고 찬란한 것이라도

제대로 된 빛을 발하지 못하면

드러낼 수 없는 것처럼

따사로운 오후의 햇살이 드리워진 곳이

얼마나 사랑스럽게 빛나는지

퍼붓는 소나기가

하늘을 얼마나 예쁘게 만드는지

펑펑 내리는 눈이

세상을 얼마나 곱게 만드는지


익숙하고 평범하게 느껴지는 것들이

새삼 소중하게 느껴지는 보통의 하루.

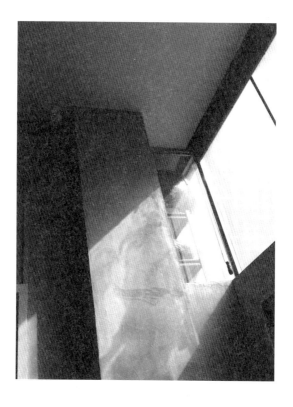

그런 어른

나는 언제나 동심을 지키고 싶다. 어릴 때부터 나이를 먹으면서 자신을 잃어가는 사람들을 보면서 스스로에게 다짐하고 맹세했다. 딱딱하고 모든 것에 선을 긋는 어른보다는 유연하고 적당함을 아는 어른, 마냥 말괄량이처럼 철없는 어른이 아닌 아이들의 마음을 이해하고 어른들의 시선에 맞출 줄 아는 그런 어른이 되겠다고.

생 각 하 는  방 식

말이라는 건 생각을 바탕으로 만들어진 문장
이기에 사고방식이 참 중요하다. 아무리 '말조
심해야지' 하더라도 순간적으로 튀어나오기
마련이다. 생각을 어떻게 지니고 있느냐에 따
라 문장에 가시를 돋게 할 수 있고 사랑을 품
을 수도 있다. 툭 튀어나온 실수라고는 하지만
최소한 몇 번은 그런 생각을 했기 때문에 반복
된 상황에서 나온 것이다.

행동 역시 마찬가지다. 생각에 따라 행동이 이
루어지기 때문이다. 그러므로 한 번 뱉은 말은
주워 담기 어렵듯이 생각하는 방식의 중요성
을 깨달아야 한다.

기억과 추억

기억은 살면서 필요한 정보

추억은 살아가게 하는 힘

나이는 속도에 비례한다고 했다.

나이가 들수록 세월은 빠르게 흘러간다고 했다. 두고 온 것들이 아쉬워 자꾸만 뒤를 돌아보면 달리는 속도를 잊은 채 길을 잃어버리게 된다. 그러니 그때가 좋았다 싶어도 지금도 좋아지리라, 그렇게 믿고 정확히 앞을 바라보고 나아가야 한다.

**아픔의 크기**

차도에 잠깐 세워 놓은 차 하나 때문에 모든 차
선의 차들이 피해를 보고, 작은 생채기가 하루
의 기분을 좌지우지하듯이, 오늘 받은 그 소소
한 상처 때문에 당신이 우울해졌다고 생각한
다면 결코 아니다.

모든 사람이 같을 수 없듯이 상처의 아픔 역시
마찬가지다. 같은 아픔이 누군가에게는 긁힌
정도의 상처라면 또 누군가에게는 오래도록
흉이 남을 깊은 상처가 되기도 하는 것처럼 누
구에게나 상처의 아픔은 다르다. 당신이 예민
하고 이상한 게 아니다.

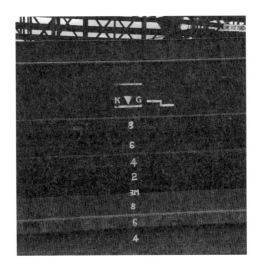

제일 아끼는 학교 후배가 말했다.

"난 내가 곤경에 처했을 때, 나를 어느 시나리오의 등장인물로 봐. 어? 저 사람 큰일 났네. 과연 어떻게 헤쳐 나갈까? 하고 생각할 수 있거든."

나 또한 연애 상담을 해 줄 때, 상대방에게 꼭 물어보는 말이 있다.

"만약 네게 아이가 있는데, 그 아이가 너와 같은 상황을 겪는다면, 넌 뭐라고 조언했을 것 같아?"

사람은 자신의 일에는 객관적이지 못하다. 감정이라는 구름에 드리워지기도, 바람에 흔들리기도 한다. 물론 어렵겠지만, 우리는 때때로 스스로를 제삼자로 객관화하여 보는 연습을 해야 한다. 제삼자가 되어 소중한 사람이 나와 같은 상황을 겪는다면, 어떤 조언을 했을지 냉

정하게 생각해 보는 거다. 자신의 감정에 너무

젖어 들지 않게, 그리고 무너지지 않게.

**습관의 전환**

습관적으로 노래를 들으려고 가방에서 이어폰을 찾는데, 어디에도 없었다. 정신없이 나오다가 그만 깜빡한 모양이었다. 눈앞에 보이는 편의점에서 하나 살까 고민하다, 이내 '하루만 안 들지 뭐.' 하는 마음으로 횡단보도를 건넜다.

순간 느낌이 이상했다. 오랜만에 듣는 풍경 소리, 걸을 때마다 들려오는 경쾌한 구두 소리, 차도를 달리는 자동차 엔진 소리… 잊고 있던 주변 소리들이 들리기 시작했다. 어느덧 시선은 자연스럽게 주변 풍경을 바라보며 계절의 변화를 느끼고 있었다.

잠시 막고 있던 이어폰을 빼고 주변의 풍경을 둘러보면 알 수 있다. 그동안 당연하게 스쳐지나갔던 모든 풍경이 얼마나 새롭게 살아 숨 쉬고 있는지, 얼마나 아름답게 빛나고 있는지.

**사진**

"웃어. 김~치! 치~즈!"

길을 걷다가 나무 옆에 서서 웃는 아이와 사진
을 찍는 아이의 엄마를 보았다. 엄마는 아이에
게 계속해서 웃으라고 했고, 아이는 누가 보아
도 어색한 미소를 짓고 있었다.

'왜 사진을 찍을 땐 항상 웃어야 하지?'

상업 용도의 포스터를 찍는 이유라면 조금 납
득이 되지만, 일상을 찍는 사진이라면 무표정
을 지을 수도 있고, 인상이 쓰고 싶다면 인상
을 써도 될 텐데, 왜 굳이 웃는 표정으로만 찍
으려고 할까. 먼 훗날 이 순간을 행복하게 기억
하고 싶어서? 예쁜 모습으로 간직하고 싶어서?
글쎄, 모르겠다. 억지로 만든 행복이 정말 행복
한 것인지.

사진이 순간의 기록이듯, 그 순간 느낀 그대로
를 표현하고 드러내는 것이 더 의미 있는 일이
아닐까. 고로 나는 오늘 잔뜩 인상을 쓰고서
사진을 찍는다. 오늘의 기분을 마음껏 표현하
면서.

**별 것 아 닌 일**

학기 중 밤을 새며 제때 밥을 잘 챙겨먹지 못하다 보니 손거스러미가 일었다. 처음엔 별것 아니겠지 하는 마음에 신경 쓰지 않았는데, 날이 갈수록 조금씩 아려오기 시작했고 그것을 떼어 내려 해도 좀처럼 쉽지 않았다. 이후 하루 종일 신경 쓰여 계속해서 아린 통증을 느꼈다. 내 몸에 그리 큰 생채기도 아니었고 겨우 자그마한 손거스러미가 내 하루를 온통 아리게 만든 것이었다.

별것 아닌 일이라 할지라도, 그 '별것 아닌 일'이 쌓이고 쌓이면 결국 '별것'이 되어버린다. 관계에서 생긴 자그마한 감정 소모가 하루의 기분을 정하는 것처럼 말이다. 그러니 어떤 일이든 별것 아니라고 대수롭지 않게 넘어가지 말고, 그 별것 아닌 일이 정말 별것이 되지 않도록 좀 더 자기 자신을 들여다보았으면 좋겠다.

**자
신
의

가
치**

생각이 나이에 비해 성숙한 사람일수록 주변에서는 그 가치를 알아주지 못한다. 주변에서 가치를 알아주지 못하면 당신은 스스로를 가치 없는 사람이라 여기며, 자신을 하찮게 생각한다. 여기에서 중요한 사실은 절대 당신은 하찮은 사람이 아니라는 것이다. 스스로가 아니라, 자신의 가치를 알아주지 못하는 주변을 탓해야 한다. 당신은 정말 소중한 사람이니까.

나는 내가 예쁘다고 생각하지 않는다. 나는 내가 남들이 부러워할 존재라고 생각하지 않는다. 나는 내가 너무 보잘것없는 사람이라고 생각한다. 나는 나를 제대로 바라보지 못한다.

거울이 아니면 나는 내가 지금 무슨 표정을 짓고 있는지, 무슨 행동을 하고 있는지, 제대로 볼 수가 없다.

아침에 일어나 양치질을 하거나 옷을 고르며 마주친 내 표정은 늘 무표정이었다. 그래서 행복에 벅찬 표정의 나도, 수줍게 웃는 나의 모습도, 장난기 가득한 개구진 얼굴의 나도 낯설기만 하다.

여전히 어색하지만, 거울을 바라볼 때마다 스
스로에게 예쁘다 말해주며 씩 웃는 연습을 해
보는 중이다. 너는 충분히 예쁜 사람이야, 라
고. 그러니 당신도 자신이 얼마나 예쁘고 소중
한 사람인지 잊지 않았으면 좋겠다.

**괜찮아**

세상 모든 소리도 감각도
느껴지지 않을 만큼 우울해질 때면
남들의 웃음도 행복도
질투가 날만큼 우울해질 때면
이불을 뒤집어쓰고 엉엉 울어 봐도
기분이 나아지지 않을 때면

몸을 둥글게 말아 나를 감싸 안는다.
토닥토닥, 그렇게 나를 다독인다.

괜찮아, 괜찮아, 잘 살아내고 있어.

그
런
사
람

그 사람이 비교하는 것은 자신이 비교할 만큼
의 대상이 되지 못하기 때문이고, 헐뜯는 것은
자신의 단점을 모르기 때문이고, 상처 주는 것
은 받아보지 못했기 때문이다.

그러려니 넘어가면 이내 무뎌지겠지만, 결국
받는 상처는 똑같다. 나는 당신이 상처를 받았
을 땐 받은 것을 드러낼 줄 알고, 마음이 아플
땐 아프다고 마음껏 울며 이겨냈으면 좋겠다.
자신의 상처에 예민해지고 마음의 고통에 현
명해졌으면 좋겠다. 그래서 힘든 일이 없었으
면 좋겠다. 그런 사람이었으면 좋겠다.

**가끔 포기하면 어때**

"알았어, 한번 노력해 볼게."

"아니야, 노력하지 마."

"응?"

세상에! 노력하지 말라는 말은 처음 들었다. 그 사람의 말은, 노력이라는 건 안 되는 걸 되게 하는 의미도 있지만, 하고 싶지 않은 일을 억지로 한다는 의미도 있다는 거다.

안 되는 걸 억지로 붙잡고 있을 바에 포기하는 게 좋은 일이라고 했다. 버겁고 힘든 일을 억지로 붙들고 있는 것보다 용기 있는 포기를 할 때가 더 나은 나를 만든다고 했다.

이 말은 불쾌하기보다 아프고 힘들어하면서도 항상 멱살 잡고 끌고 가던 나를 다른 면에서 깨우치게 했다. 그래, 가끔은 부정적인 단어가 상황을 더 낫게 만들고 긍정적인 단어가 나를 더 힘들게 만든다.

이번엔 마음 편하게 있어 보려 한다. 흘러가면
흘러가는 대로. 그렇게 휩쓸려 보려고 한다.

**내게 좋은 사람**

누군가에게 좋은 사람이 되고 싶으면서

왜 정작 스스로에게

좋은 사람이 되고 싶다는 말은 안 해요?

남에게 맞추고

남을 사랑하는 것도 중요하지만

무엇보다 나를 아껴주는 게 먼저예요.

그래야지 주변 사람들도

당신을 아껴줄 수 있어요.

정말이에요.

**시선의 차이**

나는 시간에 따라 변하는 모습을 느끼며 산책하는 것을 좋아한다. 한번은 여느 때와 다름없이 천천히 풍경을 바라보며 길을 걷다가, 다리가 아파서 근처 벤치에 가만히 앉아 좋아하는 하늘 구경도 하고, 주변 사람들도 구경했다. 그러다 슬슬 돌아가야겠다는 생각에 걸어왔던 길을 되돌아 걸었다. 햇살의 각도가 달라졌기 때문일까. 분명 걸어온 같은 길임에도 불구하고 시선을 다르게 하니 새로운 풍경이 펼쳐져 있었다. 결국 모든 일에는 바라보는 시선에 의해 다양한 방법으로 해석되고 보여진다.

**장바구니 관계**

한창 친구들을 만나러 다닐 때 예쁜 친구, 옷 잘 입는 친구, 나에게 잘 해 주는 친구들을 곁에 두려고 했다. 그래야지, 내가 좀 더 괜찮은 사람으로 보일 것 같았다. 이러한 관계가 아무런 의미 없음을 깨닫게 된 데는 오랜 시간이 걸리지 않았다. 많은 사람들이 어려운 상황에 놓였을 때 곁에 누가 남아 있는지를 보면, 앞으로의 인간관계를 알 수 있다고 했는데, 나 역시 마찬가지였다.

내가 한창 침체되어 있을 때 믿었던 사람들에게 나는 더 이상 가치 없는 사람이 되어 있었다. 비즈니스 관계가 아닌 진심으로 곁에 두고 싶은 좋은 사람이라고 생각했던 사람들에게서 내 존재를 깨닫게 된 순간, 정말 허무하고 비참하기 그지없었다. 내가 아무리 잘 지내보려고 노력해도 결국 그 사람들에게 나는 정작 계산하지 않은 채 장바구니에만 담겨 있는 사람이구나.

하지만 따지고 보면 나도 똑같은 사람이었다. 나 역시 마찬가지로 사람들을 이리저리 가늠하며 장바구니에 넣어 두기 바빴으니까. 그때부터였던 것 같다. 사람을 재지 말자. 끝이 어떻게 되든 진심으로 대하자. 그리고 그들에게 필요한 사람이 되자. 인간관계에 있어 최선을 다하되 후회를 만들지 말자. 그렇게 더 나은 내가 되자.

가끔 누군가의 행복과 비교를 하면 한없이 우울해지고 내가 가진 것에 만족하지 못해 스스로가 참으로 한심하게 느껴진다. 그렇게 생긴 우울감은 꽤 오랜 시간 지속되어 내 자신을 깊게 가두기 일쑤였다. 어두컴컴한 방 안에서 혼자 이불을 뒤집어쓰고 나를 달래보기도 했다. 한번은 엄마에게 울면서 털어놓은 적이 있다.

"왜 나는 저 사람처럼 더 잘하지 못할까. 왜 나는 이 모양 이 꼴일까. 왜 나는 내가 가진 것들을 부정하고 더 잘 살고 싶은 마음으로 조바심을 느낄까. 내가 원하는 게 무엇인지 모르겠어."

엄마는 따뜻한 손길로 내 두 손을 꼭 잡고는 말씀하셨다.

"그 마음으로 인해 지금까지 네가 이루어 왔던 것들이 보이지 않아서 그래. 지금 너의 위치와 방향을 부러워하고 따라 올라오기 위해 노력

하는 사람들에겐 너의 그 고민조차 사치가 될
수 있어. 너무 위만 바라보려고 하지 말거라. 그
럼 너만 더 불행하게 느껴진단다. 지금 네가 가
진 것에 만족하진 말되, 가진 것에 감사하며 살
거라."

물론 엄마의 조언으로 금세 모든 것이 괜찮아
지지는 않았지만, 한 번씩 깊은 우울에 빠지려
고 할 때면, 그때의 따뜻한 진심이 담긴 조언을
떠올린다. 그리고 지금보다 더 나은 사람이 되
기 위해 다시금 자리를 털고 일어선다.

꽃도 제각각 피어나는 계절이 다르듯, 예쁘게
피어날 나의 계절을 천천히 기다려보기로 했다.

**몽골 여행**

다음 달에 한 달간 몽골로 떠난다는 K를 만났다. 몽골은 볼거리가 풍성한 곳도 아니었고, 왜 굳이 몽골에 가서 고생한다는 거지 싶어 물어보니, K는 오히려 볼 게 없어서 간다고 대답했다.

"그게 무슨 소리야? 볼 게 없는 걸 알면서도 간다고? 그럼 여행에 의미가 없잖아?"

"볼거리를 위해 떠나는 건 관광이고, 나는 여행을 가려는 거야. 고생하고 힘들더라도 몽골만의 분위기와 맛을 느끼고 싶어서. 나름 꽤 재밌을 것 같지 않아? 난 정말 기대돼."

아, 한 방 맞았다. 관광과 여행의 차이라니. 내가 생각했던 여행은 화려한 의미였지만, 사실은 그다지 거창한 뜻이 아니었다는 걸 일깨워 줬다. 매번 느끼는 거지만 K는 참 멋진 사람이다.

"한 달 동안 가서 제대로 씻지도 못하고 밥도 잘 못 먹을 수도 있고, 위험할 수도 있잖아. 그래도 넌 기대가 된다고? 참 대단하다."

걱정되는 마음에 물었다. K의 답변을 듣고 나서야 꽤 의미 없는 질문이었음을 깨달았다.

"설마 내가 그것도 몰랐겠냐. 내 인생 평생을 잘 씻고 편안히 지내왔는데 한 달 정도야, 뭐. 안 해 봤던 걸 경험해서 힘들 것보다, 못 해 본 걸 해 볼 생각에 더 좋은 거야. 네가 몽골의 맛을 알아?"

K의 말을 들으니 갑자기 몽골에 가고 싶어졌다. 몽골의 사막과 예쁜 하늘을 느껴보고 싶었다.

누구나 시작을 두려워한다. 특히나 한 번이라도 실패를 경험해 본 사람이라면, 더욱 주저하게 된다. 그래서 어떤 사람은 반복될 실패가 두려워서 선뜻 나서지 못하고 주저하지만, 어떤 사람은 실패를 겪어봤으니 다시 또 실패하더라도 어떻게든 이겨 낼 수 있을 것이라고 스스로를 믿고 다시금 시작한다.

얼마 전, 이제 막 홀로서기를 시작하려는 지인에게 연락을 받았다. 매장을 차리려고 하는데 이전에 실패를 해 봐서 좀 두렵다고 했다. 충분히 그 마음을 이해할 수 있었다. 나도 여러 번의 시도와 미팅에서 거절당하거나 경쟁에서 떨어져 봤으니까. 물론, 내가 준비가 안 된 상태에서 덤볐던 적들도 있었지만 그걸 깨닫기 전엔 자존감도 자신감도 바닥을 구르기만 했었다. 여기서 제대로 정신 차리고 다시 시작할 수 있었던 것은 바닥을 구르던 나를 정확히 볼 수 있었기 때문이다. 더는 떨어질 수 없는 바닥에

있는데 뭐가 무서울까. 나는 그 바닥을 박차고
뛰기만 하면 됐다.

물론 어려운 일일지도 모르지만, 다르게 생각
해 보면 그다지 어렵지 않은 일일 수도 있다. 시
작을 두려워해서는 안 된다. 실패는 도전이 있
었기 때문에 가능한 일일 테고, 그게 두려워서
시작조차 하지 않는다면 후회만 남을 테니 말
이다.

동네 친구를 기다리며 여유롭게 기분 좋은 날씨를 느끼고 있는데, 내 앞을 지나가던 할머님과 눈이 마주쳤다. 어색하게 건넨 인사에 할머님은 내 옆에 앉으시더니 몇 살이냐고 물으셨다. 할머님은 참으로 인자하고 고우셨다. "스물 셋입니다." 라고 말하자, 내 눈을 보시더니 환히 웃으시며 "고와요. 참 예뻐요." 라고 말씀하셨다. 안 그래도 따스한 날씨 탓인지 쑥스러웠다. 그러던 와중에 할머님께서 지나가는 아주머님을 부르며 여기 앉아 쉬다 가라고 하셨다. 아주머님은 쭈뼛 앉으시며 숨을 고르셨다. 그리곤 할머님이 나이가 몇이냐 여쭈시니, "7학년 4반이에요." 말씀하셨다. 하하, 어른들의 나이 개그가 이렇게 또 들린다. 하지만 할머님께서 아실 턱이 있나. "7학년이라고?" "아니요, 일흔 넷이에요." 그러자 할머님은 "청춘이네." 하고 말씀하셨다. 아, 내가 두 분 사이에 앉아 있으니 마치 갓난아기와 다를 바 없었다.

이어, 할머님은 이야기를 꺼내셨다. "내가 일흔 다섯에 백두산을 다녀왔어. 백두 전경을 보고 넘어 보이는 이북도 봤어. 백두산이 말도 안 되게 예뻤어." 흔치 않은 백두산 전경을 보고 오신 것도 놀라웠지만, 일흔 다섯이라는 연세에 산을 오르신 것도 대단했다.

중간에 친구가 와서 끝까지 듣진 못했지만, 친구에게 이 이야기를 들려주니 역시나 깜짝 놀라며 그 연세에 대단하시다고 했다.

"그치, 나도 정말 놀랐어. 나는 스무 살만 넘어가도 뭔가 늦었다는 생각이 들었는데 오늘 두 분을 만나고 시도에는 나이와 상관없이 늦음은 없다는 걸 느꼈어. 혹시 알아? 내가 50살에 세계 정복을 할 수도 있잖아!"

두 시 간 의 찰 나 를 위 해

한 공연을 위해 수십 명의 사람들이 모인다. 그리고 그들은 관객을 위해 매일, 하루를 투자한다. 일분일초가 중요해 땀을 비 내리듯 흘리며 연습하고, 손에 쥐가 나도록 연주를 하고, 머리가 아프도록 고민을 한다. 그렇게 공연에 오르기 위해 피나는 노력을 한다.

이윽고 공연이 시작되고 커튼이 올라가면 아무것도 보이지 않는다. 그저 함께 숨을 맞춰 온 서로를 의지할 뿐이다. 상대방의 눈을 보고 입 모양을 보고 발소리를 듣고 목소리를 듣고 숨소리를 느껴야만 한다.

얼마나 화려한가. 이토록 아름다운 광경은 없다. 여기에 관객의 박수까지 더해진다면 숨이 벅차오르는 희열감이 느껴진다.

두 시간의 찰나의 공연을 위해 막이 내려가기 전까지 최선을 다하는 사람들. 어쩌면 인생도 마찬가지가 아닐까. 짧은 찰나의 순간을 위해 연습하고 또 연습하며 피나는 노력을 한다는 것이.

그
렇
게
,
다
시

익숙함에 잊어버렸는지도 모른다.


내가 어리석었다.

욕심을 내고 욕망에 담겨

욕구에 충족하지 못한 채

갈망했던 그때를 잊었다.


이렇게 바보 같을 수가 없다.

흘려보낸 시간들에 이렇게 허무할 수가 없다.

그동안 남들에게 괜찮은 척

아닌 척 해 왔던 것이

사실은 그렇지 못하다는 걸

스스로도 잊을 만큼 무뎌져 있었다.


실은 다 낫지도 않은 흉터에

계속해서 그어지던 아픔을

더는 원치 않았기에 외면하고

밀어내던 걸지도 모른다.

때문에 그동안 치유되지 못한 상처가
만든 상황에 방황하고 자책하고 좌절했었다.


멍청하게도 나태했다.
타인의 시선이 끊임없이 나를 감시함으로써
타인을 의식하지 않고 존재하는 것이
나의 삶이었음을.


그래, 순간에 철저히
그 시간을 살고 있어야 한다.
철저히 계산되어진 모든 것을
찰나에 일어나게 할 수 있어야 한다.
흉터를 감추고 모두를 속여야 한다.


나는, 다시, 버텨보기로 했다.
바람이 불어오는 대로,
그렇게 흔들리는 대로.

**새
벽
의
기
도**

화려함에 속지 않고

여전하고 변함없는 것에

가치 있음을 잊지 않으며

나아갈 수 있음에 의심하지 않고

동시에 나 자신을 잃지 않기를.

## 엔딩 크레딧

제 이야기는 여기까지예요.

당신에게 조금이나마

따뜻한 위로가 되었다면 좋겠네요.


다정한 당신,

이렇게 제 이야기를 들으러 와 줘서 고마워요.

부디 앞으로도 나와 함께해 줘요.

사랑해요.

# 마음의 방향

**초판 1쇄 발행** 2020년 06월 19일
**초판 4쇄 발행** 2021년 03월 25일

**지은이** 서신애
**펴낸이** 김기웅·김상현

**편집** 전수현 최은정　　**디자인** 이현진
**마케팅** 조광환 김정아

**펴낸곳** 필름(Feelm) 출판사
**등록번호** 제2019-000086호　　**등록일자** 2016년 6월 13일
**주소** 서울시 마포구 월드컵북로5가길 31, 2층 (서교동 447-9)
**전화** 070-8810-6304　　**팩스** 070-7614-8226　　**이메일** office@feelmgroup.com

---

**필름출판사 '우리의 이야기는 영화다'**

우리는 작가의 문체와 색을 온전하게 담아낼 수 있는 방법을 고민하며 책을 펴내고 있습니다.
스쳐가는 일상을 기록하는 당신의 시선 그리고 시선 속 삶의 풍경을 책에 상영하고 싶습니다.

**홈페이지** feelmgroup.com　　**인스타그램** instagram.com/feelmbook

---

ⓒ 서신애, 2020

**ISBN** 979-11-88469-52-9 (03810)

- 이 책 내용의 일부 또는 전부를 재사용하려면 반드시 필름출판사의 동의를 얻어야 합니다.
- 책값은 뒤표지에 있습니다. 잘못 만들어진 책은 구입처에서 교환해 드립니다.
- 이 도서의 국립중앙도서관 출판예정도서목록(CIP)은 서지정보유통지원시스템
  홈페이지(http://seoji.nl.go.kr)와 국가자료종합목록시스템
  (http://www.nl.go.kr/kolisnet)에서 이용하실 수 있습니다(CIP제어번호 : CIP2020020290).